U0045162

FINDING HAPPY CASTLES

尋找開心城堡

林芷瀅 · 著

生命如花藍

生命如花藍，需要花兒來妝扮；你和我就是那花藍裏面錦簇花兒之中的一朵，你有美麗的樣兒、我有可愛的樣兒，在生命的花藍裏彼此編織成彩色繽紛的人生。

「你們要彼此相愛。」「我們愛，是因為上帝先愛我們。」上帝照祂的形像創造了我們，讓我們擁有了上帝的模樣，更讓我們參與了祂的創造，分享祂在奇妙世界的喜樂和滿足。

芷瀅的生命帶給我深深的驚艷和悸動，她用無比的自信，獨特的細膩筆觸繪出屬於上帝生命之中愛的真諦，以及上帝之於世人生命的盼望，是純淨而聖潔的，也是簡約而又是豐盛的，正如聖經的話說：「我來到世上是要帶給人們豐盛的生命。」「我來是要服事人，不是要讓人來服事我。」

芷瀅美麗的生命雖然短暫，然而她所勾勒出生命的花藍，確是盛滿了永恆生命的珍寶 —— 信心、盼望和愛，其中最大的是愛。

向上基督長老教會

牧師　戴碩欽

（彰化基督教醫院董事／切膚之愛基金會董事／台灣神學院董事）

01
CHAPTER

故《ㄨ、事ㄕ、開ㄎㄞ始ㄕˇ

好久好久以前， 在一大片綠地上，

冒出了兩株小芽 —— 芎芎與苓苓。

星星寶寶 —— 樂樂也在天空媽媽的

懷抱中， 誕生了。

他們每天都在溫暖的陽光下， 開心

地相處著。

然而，

這天樂樂一如往常

想要找茞茞和苳苳玩，

卻發現他們看起來好虛弱

也沒有活力，

讓樂樂覺得不太對勁！

樂樂因為擔心好朋友，

於是就去找天空媽媽。

天空媽媽告訴樂樂，

苢苢和茳茳是缺少了

開心成長的力量。

於是樂樂下定決心，

乘著雲朵要去尋找

開心成長的力量，

要替芎芎和茇茇找回笑容。

樂樂來到小溪旁遇見了泡泡與朵朵，

泡泡喜歡在溪畔無憂無慮地唱歌，

吹著晶瑩剔透的泡泡過生活；

而朵朵是個身上散發淡淡花香的

美麗雞蛋花女孩，

總在旁邊靜地聽泡泡唱出

優美動聽的歌聲， 隨著音樂擺著頭

讓花香飄散在空氣中。

後來，在森林裡樂樂又遇到大主廚午茶姊妹

—— 小tea和叉叉，

她們每天都與小動物們一起悠閒地喝下午茶，布置著有小碎花桌巾的木桌、鮮花、碗盤，還有很多可口的小點心，午茶姊妹熱情地邀請樂樂，他也覺得好有趣呢！

當樂樂再度啓程經過大草地時，遇上了正在跳舞的跳跳和小舞，他們好像有股神奇的魔法，讓看了他們舞蹈的人不自覺得臉上堆滿了笑容。

就在樂樂乘著小雲朵要回到苢苢和荌荌身邊時，在大峽谷又認識了新朋友塗鴉兄妹——筆筆和 color，他們讓原本空盪盪的石壁，換上了豐富多姿的色彩。

樂樂乘著雲朵帶著
旅行中認識的朋友們，
回到了大草地上，
用獨特的力量打造出不
同以往的小樂園。
泡泡用歌聲和吹出的泡
泡帶來自在舒適；
朵朵妝點了一朵朵的花
兒帶來美麗。

而ㄦ小ㄒㄧㄠˇ tea 和ㄏㄜˊ叉ㄔㄚ叉ㄔㄚ，在ㄗㄞˋ

大ㄉㄚˋ草ㄘㄠˇ地ㄉㄧˋ上ㄕㄤˋ布ㄅㄨˋ置ㄓˋ了ㄌㄜ一ㄧˋ桌ㄓㄨㄛ

桌ㄓㄨㄛ的ㄉㄜ美ㄇㄟˇ食ㄕˊ讓ㄖㄤˋ大ㄉㄚˋ家ㄐㄧㄚ享ㄒㄧㄤˇ

用ㄩˋ，為ㄨㄟˋ大ㄉㄚˋ家ㄐㄧㄚ帶ㄉㄞˋ來ㄌㄞˊ了ㄌㄜ歡ㄏㄨㄢ

樂ㄌㄜˋ與ㄩˇ滿ㄇㄢˇ足ㄗㄨˊ。

筆筆、 color 用神奇的魔法畫出一棟真實的小城堡，在裡面掛上了好多好多畫作，讓苎苎和茇茇懂了什麼是藝術。

跳跳和小舞拉起大家的手，跳著一首又一首的舞，歡樂，是他們帶來的禮物。

現在的苫苫和苳苳有好多好多新朋友的陪伴，被自在、美麗、滿足、藝術、歡樂所包圍著，每天開心的成長著。

02
CHAPTER

植_{ㅂㄨˊ}物_{ㄨˋ}介_{ㄐㄧㄝˋ}紹_{ㄕㄠˋ}

傳說中，認為百齡以上的九芎老樹具有神性，能夠祈福解厄，城堡內的九芎神木已經超過300歲，最美的地方就是那斑駁的樹皮和潔白的樹幹，以及猶如虯髯般延伸的樹頭，形態千姿百態，韻味十足。

九芎

城堡內茄苳年紀已經有300歲，像一個歷盡滄桑的老爺爺，常被百姓膜拜所以又稱做重陽木呢！成熟的果實甜甜的像一大串的葡萄一樣掛在樹上，整棵茄苳樹就像一把大雨傘一樣，可讓人在樹下乘涼，也常在公園見到它，是台灣的原生植物喔！

茄苳

雞蛋花

怎麼會有花朵的名字叫做雞蛋呢？

原來是因為花朵的顏色恰巧跟雞蛋相似，也有紅色品種的花喔！

雞蛋花的樹幹柔軟葉子寬大，但它可是嬌弱的，所以可要溫柔對待它喔！

淡雅花香以及可愛的外型是它廣受大家喜愛的原因，花期從4月到10月，想一賭風采的人快點去尋找它的芳蹤吧！

認_{ㅁㄣ}識_ㄕ作_{ㄗㄨㄛ}者_{ㄓㄜ}

林芷瀅

（1989年1月18日～2012年1月5日）

芷瀅從小熱愛繪畫，八歲在自家臥房繪畫了一整面牆，至今仍讓觀者嘆賞。小時候的她經常參加美術比賽獲獎，作品亦經常被公開展覽。高中及大學時期，芷瀅開始投身漫畫，最崇拜日本漫畫大師宮崎駿。也因此，大學畢業後她決定到日本，希望未來可以在日本學習動畫製作。然而，從小善良且熱誠助人的她，卻不幸於2012

年1月5日在日本遇害，一顆動漫界的未來之星也就此殞落。

這本繪本是芷瀅大學時期的畢業作品，從中不僅可以看到芷瀅的繪畫天份，更看得到她對於人一種普世的關懷與溫暖。相對於命運的無情，芷瀅的作品更彰顯出唯有真正的愛，才是我們人類的幸福根源。

兒童文學 01　PG0856

尋找開心城堡

作者／林芷瀅
出版顧問／林佳龍
責任編輯／林千惠
圖文排版／陳佩蓉
封面設計／陳佩蓉

出版策劃／秀威少年
製作發行／秀威資訊科技股份有限公司
114 台北市內湖區瑞光路76巷65號1樓
電話：+886-2-2796-3638
傳真：+886-2-2796-1377
服務信箱：service@showwe.com.tw
http://www.showwe.com.tw

郵政劃撥／19563868
戶名：秀威資訊科技股份有限公司
展售門市／國家書店【松江門市】
104 台北市中山區松江路209號1樓
電話：+886-2-2518-0207
傳真：+886-2-2518-0778

網路訂購／秀威網路書店：http://www.bodbooks.com.tw
　　　　　國家網路書店：http://www.govbooks.com.tw
法律顧問／毛國樑　律師

總經銷／聯寶國際文化事業有限公司
地址：221新北市汐止區康寧街169巷27號8樓
電話：+886-2-2695-4083
傳真：+886-2-2695-4087

出版日期／2013年1月　BOD一版　定價／260元
ISBN／978-986-890-8000

秀威少年
SHOWWE YOUNG

讀者回函卡

感謝您購買本書,為提升服務品質,請填妥以下資料,將讀者回函卡直接寄回或傳真本公司,收到您的寶貴意見後,我們會收藏記錄及檢討,謝謝!

如您需要了解本公司最新出版書目、購書優惠或企劃活動,歡迎您上網查詢或下載相關資料:

http:// www.showwe.com.tw

您購買的書名:_____

出生日期:_____年_____月_____日

學歷:□高中 (含) 以下　　□大專　　□研究所 (含) 以上

職業:□製造業　□金融業　□資訊業　□軍警　□傳播業　□自由業　□服務業　□公務員　□教職
　　　□學生　　□家管　　□其它_____

購書地點:□網路書店　□實體書店　□書展　□郵購　□贈閱　□其他

您從何得知本書的消息?
　　□網路書店　□實體書店　□網路搜尋　□電子報　□書訊　□雜誌　□傳播媒體　□親友推薦
　　□網站推薦　□部落格　　□其他_____

您對本書的評價:(請填代號　1.非常滿意　2.滿意　3.尚可　4.再改進)
　　封面設計_____　版面編排_____　內容　_____　文／譯筆_____　價格_____

讀完書後您覺得:
　　□很有收穫　□有收穫　□收穫不多　□沒收穫

對我們的建議:_____

_____

_____

_____

11466
台北市內湖區瑞光路 76 巷 65 號 1 樓

秀威資訊科技股份有限公司　　　收

BOD 數位出版事業部

（請沿線對折寄回，謝謝！）

姓　　名：＿＿＿＿＿＿＿＿＿＿＿＿＿　年齡：＿＿＿＿＿　性別：□女　□男

郵遞區號：□□□□□

地　　址：＿＿＿＿＿＿＿＿＿＿＿＿＿＿＿＿＿＿＿＿＿＿＿＿＿

聯絡電話：(日) ＿＿＿＿＿＿＿＿＿＿＿　(夜) ＿＿＿＿＿＿＿＿＿＿＿

E-mail：＿＿＿＿＿＿＿＿＿＿＿＿＿＿＿＿＿＿＿＿＿＿＿

FINDING
HAPPY
CASTLES

FINDING HAPPY CASTLES
尋ㄒㄩㄣˊ找ㄓㄠˇ開ㄎㄞ心ㄒㄧㄣ城ㄔㄥˊ堡ㄅㄠˇ

STAMP

尋　找　開　心　城　堡
FINDING HAPPY CASTLES

STAMP

FINDING HAPPY CASTLES

請
沿
虛
線
剪
裁
✂